精神破壊

発症のメカニズムと奇怪な行動の実録

うつ～統合失調症～入院～回復までの道のり

守門丈
守門紀

東京図書出版

まえがき

今、社会問題になっている統合失調症。

この病気は、家族の理解が必要とされています。メディアで取り上げていたことですが、現在、精神病棟に長期入院されている四十人に三十八人は、退院して普通に生活できるということを医者が言っていました。しかし、家族には仕事があるし、何をするか分からない相手をずっと面倒を見るわけにもいかないから、病院に入れたままになります。

家庭環境も非常に冷たい場合に、起きやすい長期入院。数十年前に社会復帰できていたかもしれないのに、復帰させなかった病院と家族。これは当事者にとってはとても大変な問題であります。回復したといっても数カ月、精神病棟で入院していたなら退院当日から健常者と同じ生活が送れるわけがないのです。一週間〜一カ月間は大変ですが、家族がずっと一緒にいて、徐々に生活に慣れるというリハビリのような期間が必要です。

あなたの家族が、もしこの病気で苦しんでいるのなら、ぜひ家庭で温かく迎えてあげてください。そうしないとこれからもこの悲しい出来事は繰り返される事になると思います。

私は、この事の体験者として私の体験談を妻の闘病日記として記しました。

それでは、妻が書いた「私と妻との出会い」と私が書いた「闘病日記」の一部を紹介しますので、お読みいただければ幸いです。

守門　丈

精神破壊◇目次

第1章　出会い

一九八八年　〝ある一説〟

自分の不甲斐なさに呆れる自分。一体、何を考えて生きてきたのだろう。

もしかしたら、何も考えずに生きてきたのかもしれない。

この二十二年間という長い年月、私は無我夢中だった。

きっと、私の人生を話したら、誰もが有無を言わせずうなずくだろう。

それは、一種の過信でしかないのだろうか。

そして、人の一生は短い。その中で一体、私という人間はどのようなドラマの主人公となるのだろう。

〝追伸〟
今、私は思う。どんな人生でも自分は常に一人で生きていかなければならない。
何故なら、自分の選択はどんな時でも、最後は自分が決める事なのだから……。

五月十日

何故?! 知性なんてあるのか。理性はあるのか。
そのために私は、どれだけ今、悩んでいるのだろう。
あの人が好きなのに。好きと思い込ませているのだろうか。
私はテレビに影響されやすい。
つまり、流されやすい。だから、常に強い人を求めている。
貴方が好きです。
今、とても不安です。
こんな自分で、本当にいいのかって。
でも大好きです。
だから好きでいてね。

五月十四日

今、幸せです。
でも、この先どんなことが待ち受けているのでしょう。
今日は、重体の女の子（エスカレーターで挟まれた）のニュースを見ました。
人はいつ何処で、何があるのか分かりません。
それが何かは私には分かりません。
とてもとても不安です。
本当に分かり合える人がいるなんて、思いませんでした。
これは、天に感謝するべきことなのでしょうか。

五月十五日

今日は、面接だった。
十時（旅行会社）と十七時（塾）。
今日は、ツイていない。

ちゃんと場所を把握していかなかった。
おまけに場所の地図を無くすし……。つかれたョ。
でも今日、思ったことを書こう。
私と貴方は可能性を秘めている関係なのではないかな。
そして、お互い教え合って、能力を引き出せる力を持っている。
そうだと思わない？
よく分からないけれど、多分こんな感じかな？

〝追伸〟
そうそう！　芸術に目覚めるということは、共通点があるという事。
だって、書道の先生が「美と書は、共通するところがある」と言っていたもの。

〝返歌〟
Artを感じる時、自分の持っている感覚、神経を研ぎ澄まして、
それを感じようとする。

そして、感じる事ができたのなら、あの感動と気持ち良さは、他の事には代え難い。

まるで、氷のように冷たく鋭い自分。

今まで一番の楽しみは、この何も寄せ付けない氷になりきって、Artを感じる事だった。

今、一番の楽しみは貴女と一緒に居ることです。

今までの氷のような僕なんて、溶けて無くなってしまう。

もう凍りたくない。

五月十六日

あるＣＭがあったが、今まさに、私はそれに差し掛かっている。
私は自分の現状に満足している。
このまま一生居たい。
時が流れるのが、次第に怖く感じられる。
不安でもあるが、
あまり深く考えない方が気は楽だ。
結果はどうであれ。

『何事も最後までしっかりやる』という目標を持ち続けたい。

そうしたらきっと、明るい兆しが見えてくるから……。

五月二十日

恋愛っていろんな形があると思うけれど、私は片思いの時が多かった。

両思いだと思っていてもタイミングが合わなかった場合、年齢によっても恋愛形態は違ってくる。

そんな時、偶然の一致であの人と出会った。

五月二十一日

怖い。地震があった。海が震源地で、マグニチュード推定4・4だった。

時刻は、1時27分。

浅い眠りか。すぐに起きてしまった。

東京にいた頃も地震には敏感だった。

丁度、あの人を思い出していた頃だった。
とてつもなく会いたい衝動に駆られた。
きっと〝寝ても覚めても会いたい仲〟なのだろう。
『今、とても会いたい』……。

五月二十二日

会えない時も会いたくて、仕方なくなる。
人間は、恋をすると醜い心の持ち主になってしまうのだろうか。
「あまり一途でない方が良いのか」と時々考える。
でも、私はこのままの私で居たい。
人に正直に自分の事を話せることは、素敵だと思う。
本当に分かり合える人になら、何でも話せることが自然だと思う。
私の気持ちは変わらない。

五月二十三日

弟の恋愛を見て、私もあのようになれたらと思った。
私の事を見てくれて、私だけを想ってくれる人。
そして、私だけのモノ。
この世界は広いけれど、案外手に入れやすい恋だったのかもしれない。
だけど、このままでいたい。

上手くいかない恋もある。
だけど、上手くいっている恋をすると毎日が楽しい。
早く皆に訪れて欲しい。
〝自分と本当に分かりあえる〟と思う人と……。

五月二十五日

満ちたりない生活《くらし》より満ちたりた生活がもっといい。

その中に生きている充実感があれば凄くいい。
そして、それは自分の努力次第で幾度も変化する。
この広い世界の中で……。
一体どれだけの人が本当に幸せと思えるような人生を歩む事だろう。
満ちたりた生活。それは、本当の充実を得た人たちだろう。

五月二十六日

〝私は……〟

生まれてきて良かったのか。
私は、22歳で一応大学も出た。
だけど、世の中に馴染めずここにいる。
悲しいくらいに、自分が情けなく思う。
周りの人たちが支えてくれなければ、
私は生きてはいけない。

だけど、あの人と出会って
私は生きている感じがした。
これが恋なんだろう。

五月二十七日

口ではカッコ良いことを言うけれど、逢いたいという思いは常。
だけど、相手の事を思うなら、少し距離を置いて付き合っていないと
その恋はいつか破れてしまう。
そんな気がする。
いつも強がってごめんなさい。
いつもいつも人の事を考える私の悪い癖。
逢いたくて仕方ないのに。

人間は、愛欲というものに惑わされ、生き続けなければいけない生き物だ。
それが、一人に向けられるか、それとも二人、三人に向けられるか。

なぜ、愛欲などあるのだろう。
それは人間が、情というものを持ち合わせているからだろう。
もっと違うものに生まれたかった。
だけど、低能な動物にはなりたくない。

五月二十八日

Meet

話はしなくていい　ただ傍に居たい。
でも一日逢わないと
逢いたくなる気持ちは
次第に高まっていく。

電話をしたいけれど
電話をしても居ない。

電話をするのは、私に限らず
女の子は〝ニガテ〟という話だ。
一分一秒でも逢いたいという時がある。
そんな時は、詩集に気持ちをぶつける。

YOU

泣いた顔は、まだ見たことがない。
だけど、私は真剣な時の顔やフザケタあの顔がたまらなく好き。
一番好きなのは、
車を運転している時の貴方の横顔。
じっと、前を見据えているあの顔が好き。
〝ずっとそのままでいて〟と思いたくなる。

五月二十九日

紹介という手立ては
　とてもた易いものだけど
　　損をする時がある。

私は、今日に限らず
　もう自分から紹介しようとはしない。
自分でも知らないうちに
　やきもちを焼いてしまう。

とてもとても好きなのに
　とてもとても好きなのに
　　とてもとても好きなのに
私の言動がそうはさせない。

本当にごめんなさい。私がみんないけない。

五月三十日

いじっぱりな私。
時々、自己嫌悪になり、
はたまた自暴自棄に陥る。
この症状は、
酒によって、またショックが大きい時に起こる。
そして、酒に酔いしれた私は、
理由《ワケ》の分からないことを口走る。
酒を飲むのは良くないこと。
変な自分になってしまう。悲しい。

好きで好きで
とても好きで仕方ないのに

なぜか　とても不安で
心のどこかで　疑っている私って
失礼な人間でしょうか。
多分、まだ付き合い始めたばかりだから……。
不安が募るのでしょう。

～ペルソナ～

人間は誰もが仮面を持っている。

私も今までこの仮面の中で、二十二年間過ごしてきた。

例えば、家にいる私の本当の顔、仕事での顔、友達との対話の際の顔、他にあげたらキリがないくらい多い。

でも、本当の自分を出したことがないから、この仮面は必要なのであって、仮面を要さない場合は使わなくていい。

今、この世の中でたった一人だけ、私が仮面をつけなくてもいい人がいる。

それは、私の幸せを握っている人。

五月三十一日

恋愛は、受け身の方が良いのだろうか？
でも受け身だけの自分なら、
愛されていても愛していないことが多い。
それは、いつか愛すると変化するか
もろく崩壊してしまうのだろう。
どちらが良いのか……。
どちらが自分のためかは、本人がよく分かるだろうし、
相手と時、そしてその時の感情によって違ってくる。
私は受け身の恋なら、しなくていい。
やはり好き同士で、恋は成り立っていくものだから。

〝老いた私はどう思うだろう〟

それは老いた私自身に

聞かなければ皆目見当もつかないことだ。
今、思うのは
その時に張り合いがあるかどうかくらいのことで
もし、生きている意味のない老いぼれだとしたら
私はどうすればよいのだろう。
先ゆきを考えると
頭が混乱する。
変な事を考えすぎなのだろうか。

六月二日

人の命は儚い。
良い人は、早死にするという。
だから、私は悪い人になりたい。
人生、良い人と思われて
儚くもろく短く終わる人と

〝悪い人だった〟と
　他人に言われ
図太く長く生きる人
私は、後者に値する人をこれから目指す。
　でも……。

六月四日

美しい字を書きたい。
でもペン字を習う気にはなれない。
ペン字を習うなら、パソコンを習いたい。
もしペン字を習ったら、私の字ではなくなる気がしてならない。
でも小学校、中学校、高校、大学をとおしての字の訓練が効いたためか
年々、上達していく気がする。
しかし、書道を習ったためか書の字になってしまう。
美しい字を書きたい。

それは、ペン字を習うしか手段がないのだろうか。

〝P・S・メヌエット〟

貴方は
　私の人生最悪の時に
　　〝すーっ〟と音もたてず
　　　心の中に入り込んできました。
そんなさりげない貴方は、
　私に一つの詩を送りました。
その中に〝氷のように冷たく鋭い自分〟というのが、ありました。
私の心の中に入ってきた貴方は鋭く冷たい〝氷〟ではなく、
温かく柔らかな〝水〟でした。
そう私たちは
　お互い共に惹かれ合い〝氷〟から〝水〟へと変化していったのですね。
　　　　きっと……。

六月七日

〝付き合ってから〟

最初の頃の胸の高鳴りや不安や幸福感は、消えたけれど
今、あるのは安らぎと平穏な生活。
でも、時々ドキドキすることもある。
それは、貴方が突然、思ってもいないことを私にする時。
びっくりするけれど、
それがまた良いのでしょう。
今、とても嬉しい気分です。
もし、裏切ったりしたらどうなるのでしょう。
貴方も私も「その場でなければわからない」と
答えました。
私は一体、どうするのでしょう。
答えは胸にしまっておきましょう。

七月二十三日

時のかけらを追い続け
　私の時のかけらはいつだったのだろう。
〝時のかけら〟それは、すごく楽しい時期。
なぜかって？
楽しい時期は、人生の中でも
たくさんあるけれど、本当に楽しい時期は
案外少ないものだから……。
私の〝時のかけら〟はいつなのだろう。
もう過ぎたのだろうか。自分では気づかないうちに。

八月三日

私の居場所は、今までなかった。
私の居場所は、今貴方の側。

そう、車では、左の助手席。
歩く時も左。
いつも左。
貴方は、ずっと私を左に置いておきますか？
私は、貴方が右にいてくれることを
願っています。
ずっと……。

九月十六日

貴方にもらったものが、どんどん増えていく度、
貴方が私にとって〝かけがえのない人〟と思えてくる。
貴方は、わたしのことを想うからたくさんのものを
くれるのでしょう。
そして、それと同時に〝愛情〟をもらった気がする。
だから、ずっとずっと私にその愛を下さい。

どんな形でも良いから、ずっと与え続けてください。
私がその愛をうけとらなかったら、叱って下さい。
貴方が愛を下さらないと、私は嫌です。なぜって？
だって、嫌だもん。
今、貴方の事がとても好きです。

第2章　発　病

私達は結婚し、約三年が経過しました。妻は一人目の子どもを産んでから、育児ノイローゼのようになったこともありましたが、どこにでもありそうな普通の生活を送っていました。

そして、二人目の子どもにも恵まれ、結婚してから十年が経ったころ、子育て中に、鬱から統合失調症を発病してしまいました。

二〇一〇年　七月上旬

ある日突然、妻が鬱から統合失調症になってしまいました。とても真面目で、少し間抜けで可愛い女性なのです。

発病の理由は、職場と家庭（当時、妻は私が出張ばかりだったので一人で二人の子育てを行っていた）でのストレスがピークに達したことで、鬱病のような育児ノイローゼのような状態になり、その後、統合失調症を発病したのです。

この病気は、発症していないときは、外見は全く健常者と変わりません。妻も発病後も病気である事を知られたくないらしく、健常者として子供達の学校活動に参加したり、ママ友と接したり、地域活動に参加したりしています。

正常な時と症状が出ている時との精神状態や気分の差が激しく、まるで別人のように変わります。そうです、以前は精神分裂病と呼ばれていましたが、あまりにもひどい病名のせいか現在は、統合失調症と呼ばれています。

発症して最悪になった時、妻の実家の皆で、妻の気持ちを落ち着かせようと努力していました。しかし発症中の妻は、「殺される。……助けて」と言いながらサンダルを履き、外へ逃げていきました。雨の降る中、私は妻の妹さんと一緒に大丈夫だからと言いながら追いかけました。妻の実家は田舎なので、少し行ったところにジャリ道があり、そこを死に物狂いで逃げていく妻を私達は、必死になって追いかけました。逃げながら妻は振り返り、私達が追いかけてくるのを見ると、更に必死になって逃げました。途中でサンダルが脱げ、裸足になっても気にせず、石ころが転がっているジャリの上を走りました。私は途中でサンダルを拾い、『裸足になってもジャリの上を痛がりもせず走るなんて、相当重症だ。どうしよう』と思いながら追いかけました。

そして妻に追いつき、妻の妹さんと一緒に、妻を落ち着かせながら実家に向かいました。三人は、雨のせいでずぶ濡れです。実家の中に入ろうとした時、妻は私達の隙を見て、また逃げ出しました。今度は、斜め前の近所の家に「助けて下さい！　殺されます！」と助けを求め、逃げ込みました。私は「すみません、少し頭がおかしくなっているのです」と言って謝りながら妻の実家に連れ戻しました。その後も妻が何をするか分からないので、皆で順番に妻と一緒にいて妻を落ち着かせようとしました。

その後、私を当時の北朝鮮のスパイとして、我が家に潜入していると言ってみたり（発病当時は北朝鮮との拉致問題をテレビで報道していたので、自分の事と北朝鮮問題が混同され区別がつかなくなっていた）、テレビに向かって話し出したりしました。テレビの中の出来事が全て自分の事と思い込み、喜んだり、悲しんだり、怒り出したりするのでテレビを見せる事もできません。

急にヤクザのような人格になり「俺は〇〇組の、〇〇だ。怖いものなんて何もないぞ。文句あるか」と言ったあと、気を失いバッタリと倒れ込んだりし、その日はとても大変な日でした。

その夜、妻は横で寝ている私をそっと寝ているのか確かめ（私は心配で寝たふりをしていた）、寝ている事を確認すると忍び足で気付かれないように、台所へ行き包丁置き場の包丁と思われる柄を持ち（私は何をするのか心配で台所へついていった）、ついてきた私に向かい、「お前は北朝鮮のスパイだ。私は騙されないぞ。皆を殺しに来たんだろ！」と包丁と思っている柄を持ち、私に切りかかってきました。幸い機転をきかしていた妹さんが、何をするかわからないからと包丁を全て隠しておいてくれたおかげで、妻が包丁と思い握った柄はフライパンの柄だったので、フライパンで殴りかかられたわけであります。私は「何をするんだ。俺はスパイなんかじゃない。お前の夫だ！」と言いながら妻の手首をつかみ、フライパンを奪いました（妻は、この日の記憶は全く無い）。

翌日、妻を病院に入院させ何とか四六時中、監視していなければ何をするか分からない状態からは解放されました。

その後も毎日、病院へ面会に行った。妻の様子は発狂している状態ではなくなったが、強力な抗精神病薬を投与されているせいか、まるで廃人のようになっていった。妻は精神病棟の部屋の事をガス室と呼び、天井に設置されている白くて丸い形をした火災報知器を、毒ガス噴射装置と思い込み、そこから毒ガスが噴き出して殺されると、私に助けを求めたりした。私は症状が悪化しているのではないかとも思うようになり、全く自分の思考回路が働かなくなっていく妻を見て、哀れに思い愛おしく思った。病院内での生活だから仕方ないかもしれないが、現実世界からかけ離れていく生活を行っているように思えた。こんな生活をしていては、普通の生活に戻れなくなると思い、一律に狂った人間として扱われるのではなく、私が元どおりの妻に戻してみせるという信念で一カ月間という入院期間を経て半ば強引に退院させた。

退院する時は、妻の面倒を見ている医師達に、「まだ早い。また戻ってくる事になるから、まだ退院しない方がよい」と言われたが「はい。その時はまたお願いします」と言いつつ、『こんな所に居たら治るものも治らない。必ず元に戻してやる。全く妻の事が分かっていないではないか。人として扱えば必ず治る』と思っていた。

最初の二〜三日は一カ月間牢獄のようなところにいたせいか、妻は怯え病院に戻らないと殺されると言い続けた。

多分、病院が一番安全で良いところだと教え込まされたのだろう。そうしないと患者はここから出してと言い続け言う事を聞かないから。安心させ落ち着かせるためには、そう思わせるしかないのかもしれない（後に妻から聞いたら、病院が一番安全で良いところと言われたそうである）。

私はその度に、「大丈夫。ここがお前の家で子どもとも毎日会いたいでしょ。もう何も心配しなくていいから」と言い続けた。

そのうち、うなずき笑うようになり病院に帰りたいとは言わなくなった。入院している時は笑わなかったので、笑うようになっただけでも順調に回復していると思った。

最初は怖くて外に出ることができなかったので、一緒に買い物に行ったり花を見に行ったりして、徐々に外に出る事に慣れていった。退院から一週間くらいすると一人で買い物にも行けるようになった。

退院から一週間の間は、昼間は私も仕事があるので妻の実家のお母さんに来てもらい、妻と一緒にいてもらった。まだ一人にさせると何をするか分からないので、常に家族がそばにいる必要があった。一人でいると変な妄想を膨らませ、現実との区別がつかないから、パニックのようになってしまう。そうなったら病気は悪化し、家族ではどうしようもなくなり再入院させ、強い薬を投与して思考回路を麻痺させるしかなくなる。治りかけの傷口が、また開くようなものなのである。脳の中の思考回路が損傷し、傷口が元に戻るには一カ月くらいかかるような気がする。妻は、精神的に負担の大きい事があると病気を再発させるが、落ち着いた生活を送らせているうちに治る。症状が軽い時は、二～三日で治るが、重症の時はまた入院しなければならないのかなと言いつつ、安定した生活を送れば、長くても一カ月で良くなる。人間誰でもそうであるが、頭にくる事やショックな出来事があった時、その事を考えてしまい更に頭にくるということがある。その出来事を考えなくなるまでの忘れる時間が必要なのだと思う。

退院から一週間で、一人で留守番ができるようになり、実家のお母さんも毎日来なくてもよくなった。具合が悪く変な事を言っている時だけ来てもらった。妻は料理が得意だったが、まだ料理のレシピが浮かばないらしく、退院から一カ月間は、我が家は、そうめん・うどん・そばをつけ麺で三食、食べていた。家族に料理を作り私と子供達がそれを美味しそうに食べるのを見て妻は嬉しそうだった。それが妻の皆から頼られる出来事でもあり、張り合いになっているようでもあった。

退院から三週間が過ぎた頃、私は疲れると視界がクルクル回り、立つことができなくなる事が時々起こった。

脳神経外科や病院へ行っても眩暈《めまい》の原因が分からず、最終的には耳鼻咽喉科で生活が大変になったことによる疲れからくる眩暈と診断された。そこで投与された薬は、妻が服用している薬と同じ『ドグマチール』だった。その薬を見た瞬間、抗精神病薬と知っていたので私も精神的に疲れているのだなと思った。そして、一週間くらいその薬を飲み続けていたら、病気は治った。

その後も会社で失敗した時や、妻とケンカになったときは、妻から薬を一粒貰い飲むと、心配事やイライラが治まりとても楽になる（ドグマチールは元々胃薬として開発された薬で、胃薬の目的で飲んでいる患者さんの精神も落ち着く効果があるとのことで、抗精神病薬になった薬である。しかし、どんな薬もそうであるが、副作用もあるので飲み過ぎには注意が必要であり、私は半年に一回、一粒飲む程度なので問題ないと思っている）。

私は退院してから一カ月、毎晩妻を抱いて寝た。この病気で一番大切な事は、睡眠を取り脳を休める事なのに抱かないと妻は寝ないのである。そうする事で愛情に満足し、眠ることができた。これは、眠りに就かせるための儀式のようでもあった。

妻は、単に愛情を欲していただけなのである。その空白の時間をこの一カ月で埋めた。退院から一カ月が過ぎた頃、表情も健常者と変わらなくなり食事のメニューも考えられるようになった。そして、カラオケに行きたいと言うので二人でカラオケに行った。妻が好きな曲を歌う姿を見て、私は、幼児が初めて絵を描いたり、手伝いをしたりした時に似た感情と、『長かったけれど元に戻ったのだ』という感情がこみあげて涙が頬を伝った。

第3章　自宅療養

二〇一〇年　十月中旬

最近、妻が化粧品の販売を始めた。そのためにも自分が会社のいい化粧品を使い、良さを実感しなければいけないそうである。十万円の化粧品セットを購入したそうだ。

私は化粧品会社にダマされて買わされたのではないかと思った。

しかし、いままで家で留守番しているよりいきいきしているし、病気にもよさそうなので良い。

二〇一〇年　十一月上旬

先日、新聞にシダの絵が載っていた。何か共感するというか美しいと感じた。

山へ出かけたとき、いろいろなシダ類を目にするが、それらを見た時の感動と似ている。

何故、私はシダを美しいと感じるのだろうかと考えてみた。

連続する葉の美しさに感動していると気づいた。

連続するもの……。ネムノキ、シダの葉、鳥の羽根、葉のギザギザ、葉脈、ウロコ、シマ模様、並木、花の花びら、階段、整頓された本棚……。

私は絵画を趣味にしているが、連続するものの組み合わせや配置で良い作品ができるかもしれない！

二〇一〇年　十一月中旬

妻からのメールだ。ドキッとして心配というか不安がよぎる。内容を確認しホッとする。

一般的に夫婦は皆こうなのだろうか？　いや違う。

妻に隠れて内緒の悪事を働いているのならこういう感情は仕方ない。

しかし、私はなにも悪いことをしていない（と思っている）。

妻は、ギャンブルが大嫌いだ。私はギャンブルが大好きだ。確かにこの趣向の違いによる心配も多少はある。しかし、パチンコや競馬をたまにする程度であり、金額も自分の小遣いの範囲（月一万円）で行う程度である。

家族を見捨て、無人ローンに手を出し、仕事も辞めてのめり込んでいるわけではない。では何故ドキッとするのだろう。いつも変な内容のメールが多いからトラウマになっているのだと思う。

二〇一一年　四月中旬

最近、妻の様子がおかしい。

先日、卵巣が痛いと言うので、病院の産婦人科で診てもらった。異常はなかったが、先生の話によると早期に生理が止まると、老人になった時に骨粗鬆症になるというのだ。だから、今のうちにとまた生理を起こす薬を処方された。

それを飲んでから急激におかしくなった。たぶんホルモンバランスが狂ったのだと思う(抗精神病薬を投与されているので三十代で生理が止まっている)。

産婦人科の先生も、少しは精神科の勉強を行ってもらいたいと思った。ホルモンバランスが狂えば精神状態にも影響するので、精神疾患の患者にそんな薬を出したらダメかもしれないというくらい当然のはずである。すぐに産婦人科の薬を飲むのをやめさせたが、精神のバランスが崩れてしまったので通常の精神状態に戻るまで数日掛かった。

普段、妻と私は楽しい会話が多い方であるが、その時は、車で五時間くらい離れている妻の妹さんの家へ遊びに行く途中の車内で、何かをずっと考えており、一言も私と会話をしなかった。

その後も、私と自分の弟の嫁が浮気していると思い込み、それが事実だ！　と決めつけ、自分の妄想だというのに気付かず、私に「裏切り者！」「もうあなたとはやっていけません！」というメールをいきなり送ってきたりした。

私が弟のアパートへ行き、そこの子供達が私を迎え入れ嫁と楽しそうにしている映像が浮かび、それはただの妄想というか思い込みなのに事実と思い込んでしまうのである。

（私は、アパートの場所さえわからないのに）

こんな時は、最初は必死にそんな状況は有り得ないと説明するが、そのうち勝手に着せられた濡れ衣と、全く私のことを信用していない妻にだんだん腹が立ち、どうしようもなくなるのである。

今日は、私の亡くなった叔父や親戚が妻のことを「この恥さらし」と怒っているという思い込みが現実の記憶のように浮かんだそうである。

また、先日遊びに来た娘の友達が小さな白いクマのオモチャを「かわいい！」と言って遊んでいたと思ったら、盗んでいったというのである。その後遊びに来なくなったし、娘も友達が遊びに来てもオモチャを見せると、また盗まれるので見せなくなったと言うのである。

そんなことは有り得ない、人をいつも犯人や泥棒扱いするのはやめろ！　と言っても「本当だよ、何故信じないの？」と言っているうちに盗まれ無くなったはずの白いクマのオモチャが出てきて、その証拠により自分の記憶が勝手に作り出された妄想だったということに気づくのである。

因みに、子供の友達を泥棒と思い込むのは毎度のことであり、その度に盗まれてもいいから他人を勝手に泥棒扱いするな、これは人間として絶対にやってはいけないミスで普通なら一度やったらそれを悔い改め一生このようなミスはしないと誓うくらいの嫌な間違いだぞと言うが、妻にとっては仕方ないことなのかもしれない。現実の記憶と想像したことの区別がつかないのだから。

今日は、薬を一粒しか飲まなかったのでそうなったのかもしれないと反省していた。

妻は、四月二十一日から午前中半日、近くのスーパーでパート社員として働いている。

私は問題を起こさないことを日々祈っている。

二〇一一年　四月中旬

今日も妄想あった？　と聞くと「うん。どうしようもない妄想だから」と言いたくなさそうである。

冗談まじりに、「俺はママが今日、どんな妄想だったのか聞くのが楽しみなんだ」と言うと、笑いながら話してくれた。

妻のお父さんの友達のＡさんに私の母が昔、暴行されたことがあり、妻の事を母が見ると、その当時のことを思い出し母がイヤな顔をすると言うのである。

（たぶん、私の母はＡさんがこの世に存在する事すら知らないはずである）

ずっと、仕事中はこの妄想に悩まされ、『世間は狭いものだ。よりによって父さんの友達と旦那の母親が昔そういう仲だったなんて信じられない！』等と自分の作り出した思い込みを現実の記憶との区別がつかないまま悩み、家に帰って薬を飲んで少したつと、夢から覚めたように、「あー良かった！　妄想だった」と我にかえるそうである。

（この人の妄想はいつも不倫かドロボーである）

二〇一一年　四月下旬

今日は楽しい妄想だったそうである。

二十歳の頃の思い出で、有名アーティストKが妻に恋して必死になって妻を捜していたそうである。

もし、その方と付き合っていたら今頃は……という妄想のようである。

しかし、実際はその後、私と知り合い結婚してしまうわけであるが、それも人生と良き思い出にひたっているようである。

それと、もうひとつの妄想は、中学校に上がる時、体重が二十七kgしかなく児童相談所の人が家までネグレクト（食事を与えられない子供）だからと保護しに来たというものだそうである。これについては、現実なのか妄想なのか判らない。もしかすると本当かもしれない。

今日、帰ってきた時も、この前妻の妹の所に行く時にしていたスカーフを知らないか聞いてきた。

『あぁーまた何か妄想しているなー』と思った。知らないと答えると、パパの車の中かなーとまるで、落とした財布を捜すような勢いでスカーフを捜しに行ったのである。幸い見つかったので安心したようである。後で聞いてみると、玄関の前に落としたスカーフをそこらのおばさんが拾い、着けている妄想を現実か妄想か確かめたかったようである。出てきたから、妄想だったのだと納得したが、もし出てこなかったら、また、おばさんが拾っていったに違いない、だって私と同じスカーフをしたおばさんを見たからと言い出していたであろう。

『危ない。危ない。あー良かった』

二〇一一年　五月上旬

今日は強烈な妄想だ。

近くに美容室がある。そこのお姉さんが、妻のせいで死んだ（自殺）と言うのである。（実際にはそんな事件は起きていない）

もともといた、娘の髪を一度切ってくれたお姉さん（従業員）がやめて、下手なお姉さんが入ったのだけど、妻が、「上手なお姉さんがやめたので下手な人しかいなくなった」と子供の運動部の親達に、うわさを流したら自殺したというストーリーが頭の中で出来上がっており、現実と区別がつかなくなってしまっている。

もうひとつは、二年前に近くの菓子屋のシュークリームを実家の大じいさんが、食べたら食中毒になり、死にそうになったと言うのである（実際には起きていない）。

たぶん、昨日ドラマの中でお姫さまが毒入りアンドーナツを食べて死にそうになったというシーンを見たので影響されたのであろう。

妄想の出るパターンは決まっており、朝起きた時「夢」がそのまま妄想になることや今のパートで品出しの仕事中に物思いにふけり、それがそのまま妄想になるパターンである。

妄想中の身体的特徴は、目をつぶって少し上を向き、まぶたがパチパチ動くというものである。

まるで、天から頭の中に何かをダウンロードしているような状態になる。そして、その後に変な事を言い出す。だから私は、ダウンロード中に「おい。また変な事を考えていただろ。いつもの時みたいになっていたよ」と言うとダウンロードを中断し通常に戻る。

また、ボーっとした顔で、一点を見つめ、いかにも考え事をしているという顔になる時も要注意である。

二〇一一年　五月上旬

最近、妄想記録を書いていないが、妻の妄想が無くなったわけではない。

連日のように、妄想を連発している。こちらは、それを妄想だと説得するのに疲れ記録を取る気になれなかった。

今日の妄想は、私が昔の彼女と浮気したという妄想と、息子の友達のお母さんと私の仲がよく、私がその家の前を通ると、そのお母さんが私に向かって手を振っているという妄想と、息子と娘が学校でいじめられていてそれは、妻のせいであるという妄想と、息子をいじめている子を妻の父親が刃物を持って殺しに行くと言っていたという妄想等々、次々と出てくる。

今日妄想が出たのは、会社で頭を使いすぎて、許容範囲を超えたのが原因のようだ。

店長さんに電話したら、仕事内容も考慮してくれるそうだ。

それと、勘違いもあった。娘の内履きの靴が四月に買ったばかりで、まだ一カ月しか経っていないのにボロボロで、他の子の靴よりかなりボロボロでおかしいと言い、買ったお店にクレームを付けた。店は、それを信じ、「おかしいのでメーカーに問い合わせてみます」と電話が来た。夜になって、はっと思い出したように一年前の四月に購入したので、ボロボロになって当然と言い出した（突然、正気に戻ったのである）。私は慌てて、お店に「勘違いでした」と謝りの電話を入れた。

私は心配になり、こんな変な事を仕事中に言っていないか聞いてみたが、妄想は、私と私の母と妻の兄弟にしか言わないと言うのである。一応、常識はずれのことで他人にはいってはいけないと言うので安心したが、本当にそんなことができるのか心配である。

二〇一一年　五月上旬

今日の妄想は、妻の実家で採れたタケノコを私の実家へ届けたら、私の父が妻のカバンに意地悪で、カラスの糞を付けたと言うのである。

そして、カバンの中から、公共浴場の入浴券を盗んだと言うのである。父はそういう事が大嫌いな人間で絶対に有り得ない。

私は、イライラして「絶対に有り得ない。お前がわざとやり、父のせいにしている方が有り得る」と言った。

たぶん、空を飛んでいる鳥の糞が、偶然妻のカバンにかかったか、昨日の晩に、子供が歯磨きをしながらテレビを見ていたので、歯磨き粉がカバンに付着しそれを糞と勘違いしているなど他の原因でなったのを、何故か私の父が糞を付けたと思い込んでいる。

あと、もうひとつの妄想は、実家から帰ったら、エアコンの暖房がつきっぱなしで、大家さんが合鍵で侵入し、エアコンをつけて消し忘れて帰っていったと言うのである。

今日は、エアコンをつけていないというのが理由だそうだ。昨日は急に寒くなり、夜にエアコンの暖房を久しぶりにつけていた。誰もそれを消した覚えが無いので、たぶん昨日からつきっぱなしになっていたのだろう。

それから娘のスパッツが、違っているので、友達の誰かと取り替えられたと言うのである。

娘はそんな事はしていないと言っている。

二〇一一年　五月中旬

今日は、朝からドロボー妄想だ。

妻の弟さんの赤ちゃんが生まれたときのお祝い返しでもらったタオルがないという。

それと、息子のジャンパーも無くなったという。

これは息子の友達のＲ君がとったのだと言い張る。

タオルも持っていたし、ジャンパーも同じのを着ていたという。

（これも妄想だと思う。今日が初耳だし、もしそうならその時、私が嫌になるほどこの話を妻はしているはずである）

これは、妄想か息子がどこかへ本当に忘れてきたか家の中のどこかにあるのであろう。

二〇一一年　五月下旬

今日は妻も私も給料日だった。妻は今の仕事に就いてからの初給料でありうれしそうだった。時々、仕事をしたくないというような事を言う妻に、「お金がもらえるとやりがいがあるね。仕事やって良かったね。これからも辞めないでやる気になるね！」と言ったら、うれしそうに「うん、うん、うん」と私の言うことにうなずいた。

昨年の出来事であるが、近くの家が毎日朝晩に焼却炉でゴミを燃やすので、窓を開けていると家の中にゴミの焼けた嫌な臭いが入ってくるという事が毎日続いた。数年前から、地球温暖化の軽減や一般の焼却から出るダイオキシン問題で現在は、災害等やむを得ない場合以外の焼却は禁止となり、全て一般ゴミか産業廃棄物で処理をしなくてはならなくなっている（私は当時会社でゴミ処理を担当していたので詳しかった）。

朝と晩の、燃やしているのが見つかりにくい時間帯に燃やす（昼間は煙が目立つ）ためちょうど我々が家に居る時間の夜に煙が入ってくるので、迷惑していた。そこで、私は市役所へ苦情のメールを送ったのである。そうしたら、翌日からピタリと燃やさなくなり、窓を開け快適に過ごすことができた。今日の妻の妄想はその事についての妄想であった。

妄想の内容は、息子の友人が、以前遊びに来たときに、「パソコンに触っていい？」と聞き、「いいよ」と言ったらパソコンをやりだし、そのうちに苦情のメールを見つけ、まじまじと見て帰ったと言うのである。そしてその事を親に言ったので、苦情のメールをしたことが近所に知れ渡り、良く思われていないと言うのである。

この妄想は、息子の授業参観に行った日から始まっており、その日友達のお母さんが、妻を「避けているように思えた」と言っていた。理由はあの苦情メールのせいだと思いたいということから、妄想が作り出されたようである。

このパターンの妄想があるが、妻の思い込み（メールのせいで近所から良く思われていない）を理由づける新たな妄想（○君がパソコンのメールを見つけ親に言った）が作り出される事がある。今までも何度かこの妄想に悩まされ、その度に私に言ってくるが「そんなことはない」と答えても証拠がなく、困っていたところである。

今日は、その答えが見つかった！

妻に「○君が遊びに来たのはいつだった？」と問いかけた。

妻は「小学三年か四年生の時だから、三～四年前だね」と答えた。

私は「三～四年前に○君が遊びに来たのは私も覚えているよ」

「メールは一年前に送ったのだから、○君はメールを見ることができるわけが無いじゃないか、タイムスリップでもしない限り」と答えた。

妻もやっと妄想だったと納得したようである。

メールを送ったのは、去年の事なのに、三～四年前には見られないということで、妻の妄想であったという事が証明された。

二〇一一年　十月下旬

最近、また妻の様子がおかしい。

先日、妻の祖父が亡くなり、私の父がガンの再発で再入院と大変な事が重なった為か、また症状が出ているのであるが、内容は「息子の友人○君」がいろいろな物を盗んでいくと言うのである。そして遂に棚の中の一万円を盗んでいったと言い張るのである。

いつどうやって盗んだのか問いただすと妻が後ろを向いている隙に取ったに違いないと

言い張るのである（有り得ない）。息子の部屋で遊んでいる友人がわざわざリビングに来て妻が後ろを向いている隙に物を盗むなんてできないと思った。

必ずばれないようにする気持ちが働くので、妻がいない時に取るならまだしも、後ろを向いている隙にサッと取るなど有り得ない。人間の行動として考えられない。しかし、妻はそう思い込んでいるのでどんなに説明しても納得しないのである。

挙げ句の果てには「どうしてそんな事、するの？　うちからありとあらゆる物を盗んで！」とその子に向かって言ったというのである。……『やってしまったかー』と私はショックを受け、どうやって謝ろうかと悩むのである。「そんなことをしてしまったのなら、俺はその子の家へ行って、『妻は今、頭がおかしいです。どうか許してください』と謝らなければならない。そんな事は言いたくないんだ」と言ったら、「実はそんな事は言っていないから大丈夫」と言い出す始末で、何が何だか分からなくて、何を信じていいかも分からない。

あと今日は、家族全員が七時四十分に起きたからバタバタして会社へ行った。

携帯を見たら、電池がないので妻の事が心配になったが仕方無い。帰りに親父が入院しているから病院へ行かなくてはならないし、『大丈夫だろう』と家に帰ると、妻が「貴方！　ここが本当に帰る所ではないんでしょ。いいのよ。本当に帰りたい所に帰って」と言い張るので「は！　今日電話に出られないだけで、『これかよ』」と思ったが、妻は一人で妄想を膨らませているし、そんな人を相手に真面目に怒っても仕方ないし「は！　何言ってんのバカか」と言いながら説得したら、安心したようでばたりと寝込んでしまった。

娘にその後、様子を聞いたら、学校から帰ったら妻が居なかったそうである（弟さんに連れられて医者に行っていた）。今度は、起きたら妻が今日医者に連れて行ってくれた弟さんが妻の見ていないうちに三千円を抜き取ったと言い張るのである。そんなことはないと言って納得させる。

今日と昨日は、実家へ行ってお母さんと話したようである。妹さんから心配の電話があり知ったのだが、お母さんに「死にたい、死にたい」と言っているそうである。私には言わない。

この原因も心当たりがある。最近、妻はお母さんと妹さんとケンカして連絡も取らないのが二週間くらい続いていた。向こうも連絡すると逆切れされて「あんたとなんか話したくない！」と言われるので連絡もできないという感じだった。昨日からお母さんと会うようになったので、多分今度は「私のことだけを心配して」というメッセージをお母さんに送りたく「死にたい」を連発しているのだと思う。

日曜日は娘と音楽を聞きに行ってとても機嫌もよく具合も良さそうだったのに、月曜に自分の日記「日常」というのを見つけ、それを読んでこれ面白い！　と言いながらまた書いていた。

私は『楽しそうでいいなあ』という程度であまり気にもしなかったが、何故こんなに具合が悪くなったのか、先日までは良かったのにと思い、その「日常」を見てみた。

そうしたら、その中身は今までのもう二度と思い出さない方が良いような恨みつらみが書き綴られていて、どうせ人生そんなものというような事が書かれていた。四十歳前のおばさんの文章ではなく、まるでまだ世の中に揉まれた事の無い思春期の不良少女のような人が書きそうな文章だった。「これだったのか！　今回の発症の原因は」と思った。

二〇一一年　十月下旬

明日、病院へ連れて行くことにした。

病状は変になったり、正常になったりを繰り返している。

先日は、「コンビニへ行かなくては」と何が何でもコンビニに行きたがるので、連れて行った。それも子どものころ自分の住んでいた家の前のコンビニに行かなくてはならないと言うのである。行く途中も私に向かって「貴方、コンビニから社長の誘いなかった？」

と聞いてくる始末（あるわけないだろと答えた）。自分の弟さん（求職中）のラーメン店をコンビニチェーンで作ると言い出したりしながら妻が小学校の時、育った家の前のコンビニに着いた。小走りで店の中に入って行くので普通じゃないと思い追いかけた。そして従業員専用の部屋へ行こうとするので腕をつかみ「どこに行くの？」と言ったら、近くにいる従業員に向かって、「この店は○○（妻の父親の名をフルネームで）の物だから早く返してください」と言うので、私は「すみません。頭がおかしいのです」と謝りながら店から引っ張り出した。その途中も年賀ハガキをコピーしている店員に向かって「こんなの売れないわよ！」と大声で叫んだりした。私はスミマセンと言いながら車の中へ連れ込んだ。

その後、昔住んでいた商店街へ行き、「ここにお父さんが待っているはずだ」と言って、携帯からどこかへ電話した。内容を聞いていたら、どこかに偶然かかったようで「あー○○さんですか？　そこへは、どうやって行くのですか？　私の父がそこで待っていて、私もそこに行って父と話さなくてはならないのです」と言うので電話を代わり事情を説明しようとしたらイタズラ電話と思われ切られていた。

その後、昼食を買う為スーパーへ行ったら、また小走りで「スーパーが多店舗になったのは私のおかげと言わなくてはいけない」と言い出した。ダメだと思い車の中に連れていこうとしたら、今度はまた別の事を思いついたようで、車の部品専門店へ向かって走り出した。まずい。「何するの?」と聞いたら、今度は「店内放送のマイクを借りなくてはならない」と言うのでダメだと思い車の中に引っ張りこんだ。

子ども達に、スーパーでパックの寿司とお茶を買ってこいと言ってお金を渡し、妻を車の中で見張っていた。子ども達が「安売りの寿司があったから買ってきたよ」と言って四人で車の中で寿司を食べお茶を飲んだ。妻はお茶の苦味を毒が入っていると言いながら飲んだ。

「ところで、さっきマイクを借りて何を言うつもりだったの?」と聞いたら「お寿司お買い得ですよー」と言うつもりだったと言っていた（車の部品専門店で?）。

でも実際にあのまま専門店でマイクを借りていたら、まだ寿司を食べる前で、寿司の事など頭の中に無かったし、父親を捜している状態だったから、「○○さん（自分の父親をフルネームで）どこですかー」と叫んでいたに違いない。

そして、家へ帰ろうとバイパスを走行していたら、急に「止まって!」と言い出し、何をするのか聞いたら黄色い花（雑草）をとって、入院中の私の父のところに持っていかないと父が死ぬと言うのである。こんなところでは危なくて止まれないから、あとで安全な所で止まってとろうと言って納得させる。

その後、スーパーで買い物をしていたら、レジで知らない人が買った物を「これ、下さい」と言い出した。相手は「は！」と半分怒った感じで言ってきた。私は「何を言ってるんだ？　バカ」と妻を叱り、その人に「すみません。頭おかしいのです」と謝った。相手も察知したようで、「あー……」と言って許してくれた。その後も変な行動をいろいろ繰り返した。

妻が言うには、妻と私はベガ星という星から来た宇宙人で、ベガ星も電気の使いすぎや環境破壊で滅んでしまった。地球もこのままではあと五十年で滅んでしまうそうである。

夜に、どうしても私の父の所へお見舞いに行きたいというので連れていった。暗くなっていたのであちこちの店の電光看板が光っていたがそれを見る度に環境破壊だと怒っていた。

今日は、スーパー（ここも以前、妻がパートしていた）のところに、我々の新居が建っているので引っ越そうと言い出し、皆の下着をカバンに詰め込んで出かけようとしたので、明日病院に行く途中、見に行こうと言って納得させ寝ることにした。

二〇一一年　十一月上旬

今日は、妻が病院に行く日だ。

昨日の夜から、今朝まで夜中に起きずにぐっすり眠れたせいか気分も良さそうである。

朝、「私病気治ったから、薬も飲まなくていいし入院もしなくていい」と言うくらいである。

しかし、妹さんの声（テレパシー）で『警察が姉さんの携帯電話を盗んでいった』と言うのが聞こえてきたり、「今日は地球が滅亡する日？」と私に聞いてきたりしている。

二〇一一年　十一月中旬

先週は朝、デパス2錠、ドグマチール2錠、昼デパス1錠、ドグマチール2錠、夜デパス2錠、ドグマチール2錠でずっと調子が良かったが、金曜の診察でデパス2錠は多すぎるとの事で朝昼晩1錠半ずつとなったようである。金曜の夜からよく眠れなくなり、睡眠薬を捜したが見つからず、その事も心配になり更に眠れなくなる。今日は有名グループが、よくテレビに出ているので、子ども達と「最近この子は、テレビに出ているけれどなんでかな」という会話をしていたら、急に妻が真剣な顔をして、「私、死なないといけないの？」と言うので、「は？　この子がよくテレビに出ているという話なのに、なんで全く関係ないお前が死なないといけないの」と言ったら納得したようだ。

「デパス1錠半では足りないのかな」と思い、一週間ぶりにとんぷくのリスパダールを飲ます。

少しまた悪化しており心配。

二〇一二年　五月中旬

妻があるインターネットの掲示板で、同じような病気の人と出会った（名前は分からずニックネームで呼び合っていた）。

その人は、当時多量多剤で苦しんでいた（常時五種類くらい）。

そして、妻と日常の会話を掲示板で、楽しんでいた。

何気ない会話から、薬で苦しんでいることを知ると妻は、その方にアドバイスしたらしく最終的にその人は、二種類の薬で済み病状も改善した。

その人は、五種類の薬を投与されていた。医者に薬を減らすようにお願いしても、病気の患者の言っている事など、医者は全く相手にしないので、薬を減らしてもらえず、間違った多量服用を続けさせられた。仕方なく通院する医者を変え、理由を説明し、薬の量を五種類から二種類に減らしてもらってから、劇的に病状が改善し職場復帰できたのである。

何とその人は、薬剤師だったのだ。

薬の専門家でも、この病気はどの薬が一番合っているか分からないのである。医療従事者でも、どの薬が良いのか分からないくらい、一番合った薬を処方してもらうのは難しい事なのだと思った。

二〇一二年　六月中旬

最近また妻の様子がおかしい。

五月下旬に私の父が他界しいろいろあったせいかもしれない。

昨日から、小学三年の娘が明日学校へ行くと先生に殺されると思い込んでいる。

私が「そんなこと無い。お前は病気が出ているだけだから」と勝手にそう思っているだけだと言っても本当に思い込んでいるので聞かない。

「じゃあ、プール授業は風邪をひいていることにして休ませて」

と言うので仕方なく従った。

私が会社へ行った後、娘に「頼むから今日、学校休んで。死んじゃうから」と言って頼んだそうである。

娘は大丈夫と言ってそのまま学校へ行った。

私は妻の様子が気になっていたので、十時くらいに携帯で電話したが留守で出ない。その後、電話が来て、妻から自信のなさそうな声で「心配で学校へ行ってしまった」との事で、先生にみつかり教室へ行こうとしたけど止められたようである。

妻の場合、攻撃性の妄想ではなく被害妄想のような事が多いので、学校に乱入して皆を殺傷するような事はないが、これが攻撃性の妄想者の場合、学校へ乱入し皆を殺さなくては地球が滅ぶとか凄い災難が起きると思い込み、それよりは数人死ぬだけでそのとんでもない災難から免れることができると思い実行してしまっている事件が時々起こる。

これは、その人の具合が悪い状態で発症してしまっており、やらなくてはならないという正義感で行う事があるから質が悪い。

そんな事件が起きると私は日付を気にする。統計を取ったわけではないので正確な確率は言えないが、こういう事件が発生するのは、精神が病みやすい時期である少し暖かくなる春の三月前後と梅雨時の六、七月とこれから寒くなる秋の十月前後である。この時期はバイオリズムが狂い、精神が不安定になる時期なのではないかと思う。

不思議と八月（暑いのに気を取られ涼しさを求める時期で変な事を考える暇がないので安定する）と十二〜二月（寒いので暖かさを求める事を考える時期で、変な事を考える暇がないので安定する）は変な事件の発生率は非常に少ないのである。今後、変な事件が起こる度に日付を確認すれば私の言っているとおりである事が分かるはずである。

その後「五百万円かかる整体師の講座を受けるから、一緒に説明会に来て欲しい」と言ったりして、まいっている。

でも、昨日から回復期のようでよく寝ているので、もう暫くの辛抱である事を祈る。

二〇一三年　九月上旬

最近また妻の様子がおかしい。

今朝、鼻水が出るので鼻をすすっていたら妻が「私、死ねばいいの？」と言ってきた。

「なんで？」と聞くと、あなたが鼻をすすっているからと言うのである。

私は、『鼻をすする＝死ね』の意味が分からず、もう一度聞き直したがやはり同じ事を言うので、ただ鼻水が出るからすすっているだけで、「誰も『死ね』なんて言っていないし、またいつもの病気が出ているだけだよ」と言ったら、「そうね。私、ヤバイかも」と言ってまた何か考え込んでいる。

今回の発症の原因は心当たりがある。

先日、妻が美容院へ行きショートヘアにしてきた。自分でも似合っていると思いルンルン気分である。

それをお母さんに言ったら「お前は、美容院へ行くお金があっていいね」と言われたらしい。

別に、たわいも無い普通の会話であるが、これにカチンと来た妻は病気のスイッチが入ったらしくその事をずっと言っているし、いろいろな人にこんな事を言われたのと言いふらしている。

そして、また後日お母さんが「一五〇〇円の明太子」を買った事を妻に言ったら、先日言われた事を根に持っている妻が、「美容室に行くお金も無いのによくそんなに高価な明太子が買えるわね」とカンカンになり怒りがその後も収まらず今に至っている。

妻の場合、お母さんに依存しており、うまく付き合いたいが、何を言われてもカチンと来るらしく、いつもこんな事を繰り返しているのである。

二〇一三年　九月中旬

まだまだ、妻の調子が悪いのが続いている。

今日は、近くの百貨店で行われている「秋の絵画展」の入場券をもらったので、妻と妻のお母さんと私の三人で見に行く予定である。

行く前に、妻が「百貨店に足を踏み入れたら殺されるかな」と聞いてきたので、いつものように「そんな事ない」と言って、私が妻に向かって同じ事を聞いてみたら、笑いながら、「そんな事ないわね。おかしい事、言っているわね」と言った。

私も「そうだろ？　そんな事を俺に向かって言っているんだよ。有り得ないでしょ」と言ったら、「自分が変な事を言っているだけだ」と納得したようである。

他に、「お母さんが先日、殺されそうになったの？」（自転車で転んだ）とか、「娘が遠足に行ったら知り合いのお母さんに殺される」など殺されるバージョンの妄想が次から次へと出てくる。

二〇一三年　九月下旬

せっかく病気が治ろうとしてきたのにまた最悪の状況に逆戻りしてしまった。

九月二十日に最近調子が悪いのでかかりつけの病院に行って先生に診てもらった。そして、朝飲んだら夜まで一日効果のある「インヴェガ」という薬を新たに処方してもらい帰ってきた。夜、妻の携帯のLINE仲間と四人で以前から約束していた飲み会があり、狂ったままだったら、風邪をひいた事にしてキャンセルさせようと思っていたが、なんとか元に戻るくらいまで回復しているし、楽しみにしていたので行かせた。しかし後が大変だった。主治医には、「酒はダメ」と念を押されていたが、具合が良い時には飲んでもいつも大丈夫なので今回も大丈夫と思っていた。しかし、まだ完全に回復しきっていないうちに酒を飲んだのが悪かったのかもしれない。それと新しく処方されたインヴェガという薬も妻にはあわなかったようで、この薬を飲むと足がガクガクすると言っていた。

その日は、私は夜勤のため妻を二十二時半に宴会場へ迎えに行き、自宅へ送ってからすぐ仕事に行った。仕事中、妻の事が心配になり夜中二時の休憩時間に携帯を確認したら妻から十七回も着信があり「また発症したか？」と思い電話をしたら、飲み屋にお金をごまかされたと言い続けている。いつものパターンで、発症するとお金を盗まれたとかごまかされたと言い続け、変な行動をとる事さえあるので心配になった。

とにかく「仕事中で私は、今は何もできないから、その事で一緒に飲みに行った人や店に変な電話を掛けるなよ。明日、家に帰ったらゆっくり話を聞いてあげるからね」とだけ言って仕事に戻った。

家に帰ったら安心したらしく、もう昨晩のような被害妄想は無くなっていて、落ち着いていた。

そして、私の母に朝四時に電話して話を聞いてもらったので、お礼の電話をするように言われた。母に電話してみると「夜中に何回も電話があり、安心するように話し相手になったけれど、また病気が出ているのだなと思った」と言われ感謝した。

妻のお母さんも午前中に妻に会いに来るとの事で、今は落ち着きを取り戻している。お昼になっても、お母さんが来ないし、それに対する連絡も無いので、妻はまた見捨てられたような気持ちになり、「お母さんが来ない。どうせまた友達と遊んでいるんだ。私より友達が大事なんだ」と落ち込みだした。

午後三時くらいになって私が夜勤明けなので寝ていると、娘が「どうしよう？　お母さんが居ないのにおばあちゃん来た。いとこたちも一緒だよ」と私を起こしに来たが私は、寝ながら「ママ帰ってくるのを待っていてもらえばいい」と、寝言のように言ってそのまま寝ていた。

少しすると、妻が帰ってくるなり、玄関を物凄い勢いで駆け上がってきて、怒鳴り出した。二階で寝ながら、『何か騒がしいな』と思っていたら、娘が大急ぎで「ママがナイフでおばあちゃんを刺そうとしている」と叫びながら私を呼びにきたので、慌ててリビングへ下りていくと、妻がビックリして倒れ込んでいるお母さんの首におどしで果物ナイフを当てて、「お前は私より弟達の事が大事なんだ！　私のことなんか何も心配していないんだ！　殺してやる！」と狂人になり罵声を浴びせていた。私はとにかく「やめろ！　落ち着け！　何やってんだ！」と怒鳴りながら妻を落ち着かせようとするが、大泣きしながら、狂人と化した妻は手がつけられない。とにかく原因は、お母さんなのですぐに帰ってもらった。妻は「もう二度と顔も見たくないし、死んでも葬式にも行ってやらないからな」とお母さんに言い続けているし、お母さんはお土産に持ってきたナスやピーマンなどを置いていこうとするが妻が「要らない」と言ったので全て持って帰ってもらった。

一連の騒動を見ていた娘は「おいで」と小さいいとこ達二人を連れて外に出て、こんな酷い事は、この子達に悪影響と思ったらしく、一緒に遊んであげていた。

一方、息子は狂人化した妻を見て興奮したのか「キャハハ!!」と奇声を上げ滅多に見られないものでも見るように、ゲームをしながら笑って見ている。

この違いは何なのだと思いながら娘を頼もしく思った。

後で、妻のお母さんに電話して、「約束したのなら守って下さい。もし破るなら電話くらいしてあげて下さい。そうでなければ約束なんかしないで下さい。また発狂するから」とお願いした。妻の場合、『自分だけをお母さんから可愛がってもらいたい』というとても強い願望があり、それをお母さんが分かってあげられないので、狂いだすという事を繰り返している。妻曰く、小さい頃に可愛がられなかったから、今になって自分だけを可愛がって欲しくなるとの事である（もう四十歳の大人なのに）。

二〇一四年　二月中旬

最近また妻の様子がおかしい。

毎年、春におかしくなるのではあるが、今年は一月の後半から発症中である。

昨年十月から、障害者の自立支援を目的とした雇用制度を利用し、勤務しているのであるが、最初の二カ月は、今回の仕事は私に合っていると言い、張り切ってイキイキ仕事をしていた。今年に入り急に嫌になり、精神的にも参っているようで、今年の発症が早まり長びいている。

今回の発症の原因は、自分の仕事の補助をしてくれている信頼していた人に、日誌に記入された自分の仕事ぶりが、悪く評価されていたのを見てしまったのが、相当ショックだったようで、その時から「死にたい。私は必要とされていない」が始まってしまった。

妻は、店の中で仕事ができる方だと誇りを持って張り切っていたのだが、悪く評価されたのがどうにも我慢できなかったようで、相当ショックを受けていた。私は、「仕方ないよ。その人は、お前より仕事ができないかもしれないが、お前の事を『○○が良い』とか『○○が良くない』と日誌に書くのも仕事で、何もお前に悪いところが無くても毎日、『特になし』と報告するわけにもいかないから、無理に良いところや悪いところを見つけて、書いているだけだから気にするな。本当に仕事ができないなんて思っていない」と励ました。

また、最近気になる症状は、自分が想像したり勝手に作り上げたりした現実には起きていない妄想が現実の記憶と混同され、それを理由に人を恨んだりしている事である。私が富山県と石川県に仕事で毎週出張に行っていた時、石川県でとても仕事でお世話になっていた人の奥さんと私が浮気したと言うのである。

「だってその人から電話がかかってきて言っていたもの」と言うのである。

私はその人の家にも行った事が無いし、もちろんその奥さんに会った事も無い。

あと、今朝は妻のお母さんからもらった質の悪い野菜を近所の人の家の前に置いてきたと言うのである。私は慌てて「なんでそんな事をするのだ。バカじゃないのか？　何もしなければいいけど、変な事をすると最後は私が妻は精神病でおかしいのです。と言いながら近所に謝って回らなければならなくなる。それだけはしたくないんだ」と言って怒ったら急いで回収してきたようである。

そもそもとても食べられるような物ではないので、「あんなものをお母さんは、私にくれて嫌がらせしたいのかな？」と言っていたのに、それを近所の家の前に置いてくるなんて完全に狂っている。……仕方ない、頭でそんな事も区別できなくなるというのがこの病気の特徴でもあるから。

二〇一四年　二月下旬

ついに妻が事故を起こしてしまった。

幸い誰も相手がいない自損事故だったので良かったが、運が悪ければ人をひいていたかもしれない。不幸中の幸いであり少しほっとしている。

昨日は、遅くまでテレビを見ていて０時に妻と一緒に寝た。

寝る時に抱っこしてもらいながら寝たいと言われたが、疲れるので断った。それなら、手をつないで寝たいと言うので、娘を間にはさんで手をつなぎながら寝た。その後、妻は夜中の二時くらいに寝られないので起きた。約10㎞離れている私の実家に行って寝ようと思ったが、鍵がかかっていて入れないので、今度は自分の実家へ行こうと思い車で向かおうとした時、私の実家を出てすぐの隣の家の駐車場を道路と思い走行し、そのまま駐車場の端から側溝へ落ちたようである。

親兄弟や私、私の親へ電話したが真夜中でもあり、誰もそんな時間に電話に出ないので、一一〇番に電話し、事故を起こした旨を知らせ警察が駆けつけ、二人の警官に連れられ私の実家に行ったようである。

私の母は、真夜中に「娘さん連れて来ましたよ」と妻がパジャマ姿のまま警察に連れられて来たので、人でもひいたのかと思いビックリしたが、家のすぐ前での自損事故と聞きほっとしたと言っていた。そして、警察に「娘ではなくて嫁です」と返答し経緯を聞き、妻を家の中へ入れたとの事であった。

朝七時になり家の電話が鳴っていたので、嫌な予感がしたが出てみると予感的中で、今日はその処理で疲れた一日であった。

事故を起こした理由は、妻が発症しているせいで私に延々と変な事を言ってきたが私がゆっくり聞いてあげる事ができず「うるさい早く寝ろよ」と怒ったせいだそうである。

私は今日から夜勤なので、心配ではあるが行くしかない。

二〇一四年　三月中旬

今日は、妻の就職支援会社へ行き、妻の病状や、発症時の対処法等を話してきた。

先方は、各種病気でなかなか仕事ができない人を社会復帰させる専門家であるが、良い時と悪い時の差が激しすぎる妻の対処法が分からず困っているようであったので、いつも私が行っている対処法（何を言っても無駄な時は、何でもいいから理由をつけて心配事を何も心配ないと納得させ落ち着かせ薬をのます）を話した。

春（二〜三月）と秋（九〜十月）に毎年発症し、言動がおかしくなるので注意が必要である事も伝えた。そういった時は、遠慮せず休んでいいとの事であった。

最近の妻は、隣のお婆さんがいつも夜中に大きな声で、犬に話しかけながら散歩に出かけるので、昨日と今日は我慢の限界に達したようで「うるさい！」と大声で部屋の中から寝ながらそのお婆さんに向かって怒鳴った。

私は「しょうがないから許してあげろよ」と言ったが「どっちが悪いの。向こうでしょ！　なんでこっちが我慢しなきゃならないの！」と全く何を言っても火に油を注ぐようなもので、無駄である。

まさか隣人に向かって大声で怒鳴るなんて……。

二〇一四年　十一月下旬

最近、また妻の様子がおかしい。原因は十一月十六〜十七日に以前から予定していた東京への一泊旅行が終わり、楽しみが無くなってしまったからだと思う。

いつものパターンで、計画した旅行後には必ず発症し具合が悪くなる。

全てのことに対し愚痴と不満でいっぱいになり投げやりになる。当然、会社へ行けなくなり休む。一〜二週間で急に良くなるのがいつものパターンだからもう少ししたら具合も良くなるのを願う。

それまでは愚痴に対しては、油を注ぐような事は言わず、投げやりな事に対しては、相手を傷つけず、やる気もこれ以上落ちないような事を言って慰め続けるしかない。

愚痴に対しては右から左に聞き流すように、無反応を心がければよいが、投げやりな事に対しては、気分を害さない事を必死で考えて対応しなければならないのでとても疲れる。

あと、この病気の特徴で睡眠から目覚めた後に過去の出来事の文句を繰り返し何回も言い続ける。

普段、そんな事は無いが、発症中は睡眠中も脳内が混乱しているのかもしれない。

二〇一七年　二月上旬

久しぶりに記入するが、あれから何もなかったわけではない。あの後も数々の出来事を記入していたが突然、パソコンが故障し動かなくなってしまったのである。いつも思い立ってはパソコンのエクセルに打ち込んでいた妻の症状は外付けハードディスクに記録していたが、バックアップしていない分の二〇一四年十一月二十四日以降は消えてしまったのである。

二〇一五年には、妻の症状は大幅に良くなった。

障害者向け就職支援の簿記習得コースに三～九月まで通い、その後もそこで知り合った気の合う仲間と食事やカラオケに行きストレス解消になったおかげである。

また、一番の理由はネットの同じような仲間の集まる場所で、皆がエビリファイという薬を服用し調子が良いとの情報を知り、今まで自分に一番合っていると思っていた三食後のドグマチールとデパスの併用に具合が悪くなった時、リスパダール（とんぷくでこれを飲むと思考回路が麻痺し心配事や変な考えも和らぐが、考えが弱まった人間みたいになり何もできなくなる）と睡眠薬を飲むという処方（通院している主治医もこれが一番合っていると思い込んでいた）から、朝・夕にデパスを飲み、寝る前にエビリファイを飲むだけで、調子の悪い時はドグマチールも追加し、更に悪い時はリスパダールを飲むという処方に変えてもらったのが一番大きいと思う。医者は前の処方が、一番と思い込んでいて、妻の申し出を薬の事など何も知らない素人の申し出として聞こうとしなかったようだが、どうしてもエビリファイにして欲しいという妻の懇願に負け、仕方なく処方したら、それが良かったので、それ以降は医者からも何を飲めば調子が良いかあなたは、よく分かっているようなので種類と飲む量は任せますと言われるようになったそうである。

たぶん、全国の同じような病気の人も本当はもっと自分に合う薬があるのに、それを知らずず合わない薬を医者から処方され、それを飲んでいれば、最悪の時よりは、病状が良いという理由で飲み続けているのだろうなと思った。妻に対して一番合う薬を知らなかった主治医であるがこれは仕方ないと思う。

統合失調症ではないが、テレビ番組で躁鬱病の躁と鬱の症状と逆の薬を処方され、更に病気が悪化している患者が多いということを報道されていたけれど、仕方ないと思う。性格は人それぞれで明るい暗いやテンションが高い低いという様々な、人それぞれの特徴を知り、ぴったりの薬を診察室だけで判断し処方することは不可能だと思う。

一番よくその人の事を知っているのは、いつも一緒に暮らしている家族であり、病状が良くなっているか悪くなっているかもいつも一緒にいる家族しか分からないからである。しかし、私も妻も現在の主治医には感謝しありがたく思っている。

今まで発病してからずっと、根気よく病状が良くなる事だけ考え見てきて下さったし、本当に心配してくれているのが、こちらにも伝わってくるから感謝の言葉しかない。

かなりご高齢で、あと数年しか診てもらえないだろうが最後までこの主治医に診察をお願いしたい。

最初、家から一番近い他の病院へ行ったが、妻の病気のことを心配もせず単にプライドが高いわがままな人だと逆に怒られた。もう二度とそこの病院へ行く気にもならないし、今、そこで診察してもらっている人は、治らないだろうなと思う。かえって悪化する人もいるだろうとかわいそうに思う。

二〇一七年　三月上旬

妻の従妹も恋愛のもつれから統合失調症を発症し、ある施設へ約一年間入院していた。かなり重症のようであり、いつ退院できるか分からないと聞いていた。入院した本人は、「自分は狂っていないから薬も必要ない」と言い処方された薬も飲んでいなかったようである。正常で病気じゃないから退院すると本人は言い続けていたが、出してもらえない状況が続いていた（家族が引き取らなかった）。

しかしある日、「歯医者へ行く」という理由で施設を出て、そのまま実家へ逃げ込み「もうあそこへは戻らない」と言い、そのまま退院したのである。既に病状も回復しこれ以上良くならないのに、入院し続けていたので自力で（歯医者へは家族も付き添っていたと思うが）退院したのである。

回復している証拠に、現在は近くのコンビニでバイトをしながら、普通に生活している。自分の意思で逃げ出さなかったら、今も入院したままになっていたであろう。これは「誤認入院」という問題が解決した一例だと思う。

二〇一七年　四月上旬

今日は、妻から会社に電話が掛かってきた。事務課の電話を繋いでくれた人から「奥さんから電話です。空き巣が入ったって言ってますけど」と言われ、マズイと思いながら慌てて電話に出た。妻が「家に空き巣（ドロボー）が入った。どうしよう！」と泣き出しそうで心細そうな声で言った。私は、空き巣が入って何をされたのか聞いた。妻は、約５㎞離れた町にある百円ショップで買い物をしていたそうである。そしてレジで会計をしようとしたら、財布の中に見たことも無い千円札が入っていて、それは空き巣が入り妻を混乱させ、驚かせようと入れ替えたに違いないと思ったそうである。

その千円札には、「鉛筆で数字のメモ書きがされており、そんなメモ書きのされた千円札は財布の中に無かった」と言い張る。私は、「千円札には、最初からメモ書きがあり、百円ショップで初めてそれに気付き、それを空き巣のせいと思い込んだだけで、空き巣なんか入っていないから」と説得した。もし、空き巣が入ったとしたら、お前の財布の中身をメモ書きのある千円札とすり替えるなんて事はしないで、お金か財布を盗むはずだから、空き巣なんて入っていないんだよとも説明した。妻は「だって今朝、近所にパトカーが二台も止まっていたもん！」と言った。

私は、妄想の原因はこれだと思った。「近所に今朝、パトカーが止まっていたのは、私も見たよ。でもあれは我が家には関係のない事だ、何かの事件か聞き込みで近所に来ていただけで、お前は、いま病気が出ているからそれと関連させる妄想が出ているだけだから、薬を飲んで落ち着けば治るよ」と言った。

妻は、百円ショップの精算中に空き巣の妄想が出て精算している場合じゃないと思い、レジの定員に、「家に空き巣が入りすぐに帰らなければならない。また後で精算しに来るから精算中の品物を置かせて下さい」と言って帰ってきたそうである。

「だから、それを精算しに行かなければならないよね、別にもう要らないけど」と行きたくなさそうである。私は、発症中で混乱している妻が事故を起こすかもしれないと思い、「行かなくていいよ。お店側だって少し待って来なければ品物は元に戻すし、今、お前は混乱中で車の事故とかも心配だから運転しない方がいい。どうしても気になるなら、店に電話してさっきの品物は要らないから、元に戻すように言えばいい」と言った。妻は「わかった。そうする」と言い電話を切った。

私は、会社の同僚に「空き巣、大丈夫ですか?」と聞かれたので、「妻の勘違いで千円札の枚数が一枚たりなかったのを空き巣と思ったみたい」とごまかした。メモが有ったとかを言うと変な人と思われるので言わなかった。

家に帰宅すると、妻は申し訳なさそうに「行ってしまった」と言ってきた。どうしても精算中の品物が気になり、娘を連れ、お店に見に行ったそうである。自分では確認しにくいので、娘に確認してもらったら無かったそうである。品物を置かせてもらってから三時間以上経過しており、もう片付けられていたのである。妻は、私に行くなと言われたのに行ってしまい、怒られると思ったのか申し訳なさそうにしていたので、私は笑顔で「行く必要無かったでしょ。でも良かったね、それで安心できたのなら」と言った。

それと、「精算してからでも、少ししか帰る時間は変わらないので、精算してから帰って来ればよかった。そうすれば、また行く必要も無かったのに」と言ったら、メモ書きの千円札と残りの千円札も財布の中身の証拠品として、使わないで警察に見せなければならないと思ったので精算できなかったそうである。変な思い込み妄想であったが、警察に事情聴取された場合の事まで想定されており、リアルな妄想だったのだなと思った。

あと、なるべく変な妄想で会社に電話してくるのはやめるようにお願いしたが、妄想中は現実の事と思い込んでいるから、これも仕方ないのかもしれない。

二〇一七年　六月下旬

昨日から、また調子悪いようだ。愚痴と不安と文句と注意と財布のお金が増減することを言っている。

梅雨と生理が重なったせいか（ドグマチールをエビリファイに変えてから、生理が来るようになっている）。

二〇一七年　七月上旬

最近、YouTubeに、ある婦人から夫に対する動画が投稿された。

会社の人は皆、その動画を見て「あれはひどいな」と言っているが、私は何とも思わない。

動画の内容が本当の出来事なら何も言えないが、仮にあの婦人も私の妻と同じ病を発病しているとしたら、自分で思っている事と現実の区別がつかなくなり、パニックに陥っているだけなのかもしれない。それさえ分かっていればあんなのを見ても何とも思わない。

彼女も、うちの妻と同じで、夫を愛し過ぎるあまり独占欲が強くなりすぎて、いつも自分の横に置いておきたいが、仕事もあるのでそういうわけにもいかず、誰か他の女優と共演したら、それは全て不倫妄想になってしまうのかもしれない。

世間の人はそんな事分かるはずないが私には分かるのである。だって毎日似たような妻と過ごしているから。

二〇一七年　七月中旬

今日は会社の人と飲み会の約束を以前からしていて、当日では許可が下りないので昨日のうちに妻に「明日、会社の人と地元の居酒屋Ａ店で飲み会だから」と伝えておいた。妻も昨日と今朝は了解していて、昨日は一万円を飲み会の足しにするようにと、私に渡していた。今朝になって、「本当に飲み会なのか？」「どうせまた女と遊びにでも行くんだろ。一万円返して！」と妻に言われ、一万円は一晩だけ私の財布にいただけですぐに妻の財布の中に戻っていった。「お金がなければ、貸すから飲みに行こう」と言われているからと言って、足りない分は会社の人から借りて飲むつもりだった。

会社に行ってから、幹事がやはりＡ店ではなくて市内に近いＢ店で飲む事にしたと言ってきたので、大変だと思いながら妻に携帯のＬＩＮＥを送った。「今日の飲み会、Ａ店じゃなくて」――ここで仕事の原稿訂正依頼があり、急ぎなので五分くらいLINEを中断し仕事をしてから戻ってみると――妻から、

「A店？」

「はあ」

「うちらの事はどうなのかな」

「急に予定変更になる？」

「場所でしょ？　繁華街は×」

「ほかの場所も×」

「返答なしか」

「うち赤字だもん。今年」

「大変だよ」

それと娘の写真二枚を送ってきた。

ここで仕事から戻った私は、ダメだ、また発狂すると思い、

「お金掛かるからやめるよ」

とLINEで打った。

そして、会社の人に、「今日はやはり飲み会行けなくなった」と告げた。

家に帰ったら、妻の機嫌も良くなっていた（思いどおりにいくとコロッと機嫌が良くなる）。「何で娘の写真二枚ＬＩＮＥで送ったのか」と聞くと、浮気を思いとどまらせるには、娘の写真が一番効果あるとテレビかラジオで言っていたからそうしたのだそうである。『浮気なんかしていない』本当に会社の飲み会なのに。

二〇一七年　七月中旬

今日は久しぶりの三連休初日なので、妻に「どこか行くか？」と聞いた。妻は満面の笑みを浮かべ、ルンルン気分で美術館に行きたいと言うので、娘と行くことにした。

午前中は超ハイテンションで何を言っても楽しそうに大笑いしていた。

私は心の中で『いつもそうだが凄くハイテンションの後は、反動で凄く具合が悪くなり狂う。後が怖いな』と思いながら、『まあ楽しいからいいや』と通常の楽しい家族のようにお出かけを楽しんだ。

美術館を観た後、勾玉《まがたま》作り体験を行う事にした。このあたりから、妻の表情から笑みが消え遠く一点を見つめる無表情で、ずっと何か考え事をしている顔に変わっていた。『まずいな』と思いながらも勾玉作り体験を行った。

妻は途中で疲れたと言い、作りかけの勾玉をもうこれでいいですと言って作るのをやめた。

私と娘は最後まで勾玉作りを行った。

帰りにスーパーへ寄れば店の文句を言い、もう二度とこの店には来ないと言うし、またありとあらゆる恨みを聞きながら家に帰った。

そのあと、あまりに酷いことを言うので私も怒ってしまった。

私が、ありとあらゆる人と浮気をしていて、今まで何人と浮気をしたのか正直に言えと言うのである。

私が「そんな事はしてない」「じゃあ誰とそんな事をしたんだ？」と聞くと（私の乗っている車と同じ車種の車がその人の家に止まっていたから浮気したんだそうである）、

①Aちゃん（息子の幼少期の友達のお母さん）

②Bさん（子供の同級生のお母さん）

③Cさん（子供の同級生のお母さん　その2）

④弟の嫁（甥っ子を私の子だと疑っている）

⑤昨日の夜スーパーのレジで並んでいた女（石川県に出張に行っていた時の女だと）
⑥Dちゃん（妻のＬＩＮＥ仲間）
⑦Eちゃん（妻の高校の時の同級生で私の友人と結婚した）
⑧斜め前の家に住んでいる奥さん（私はどっちの斜め前かもわからなかった）

妻が知っているだけで、「これだけ浮気している。人数は他にも隠しているのを含め千人か？」と聞いてくる始末……。

妻は、私の乗っている車と同じ色形の車を見ると、そこに私がいると決めつける傾向がある。また、他の女性と会話しただけでも、その人と不倫していると思い込むのである。さすがに「そんなに俺の事を信用できないのだったら離婚だ。勝手にしろ。馬鹿」と逆切れしてしまった。

そうしたら、妻が落ち着く薬（ドグマチール）を出してきて「これ飲みなさい」と言うので飲んだ。

スーッと怒りが消え、「薬ってすごいな、お前のすべてを許すことができなくてごめん、狂っているのだから仕方ないな」と言って妻の事を許した。

二〇一七年　七月下旬

今日は、休日なのでゆっくり寝ていたかったが、妻はいつもの嫉妬妄想が出たようで朝早くからたたき起こされた。妻は、寝ぼけている私に向かって「おい、お前、埼玉の女に電話しているのを隠していただろ！　あれは誰なんだ、言ってみろ！」とすごい勢いで言ってきた。

私は寝たまま、まだ思考回路が回らない頭を必死で回転させながら「なんだよ、いきなりそんな事言われても何のことか判らないよ」と言いながら妻の言っている事を理解しようとした。妻は、夜中に私の携帯の着信履歴をチェックしたようだ。

携帯と財布の中身のチェックは嫉妬妄想が出る度にされているので仕方ないが、今回は、五月の連休中（二カ月前）に妻の納得のいかない着信履歴が残っていたので、その相手を不倫相手と思い込み、「これは誰だ。今、私の目の前でここに電話をかけてみろ！」と言ってきたのである。私は、「急に二カ月も前の電話番号を聞かれても判るはずないだろ」と言いながら、着信履歴は、０４８－から始まっていたので、「０４８か、埼玉県だね、何だろう変な投資話か何かの迷惑電話じゃないの？」と言ったが納得しない。仕方なく、パソコンの電話番号検索で調べてみた。『埼玉県、浦和の固定電話』となっている。

私はこれで相手が誰か思い出した。連休中に何度か電話連絡をした相手は、私の子供の頃からの友人「K」で、お金にルーズで借金まみれになり、昔の友人で連絡を取っているのは私だけである。多分、彼の親族も彼がどこに住んでいるのか分からないのかもしれない。お金に困ると、私にお金を貸してくれと数年に一度ではあるが連絡が来るのである。Kは、私に丁寧な言葉遣いで一通り近況を報告したあと「頼みというかお願いがあるんですが、ゴメン。頼むから二千円貸して欲しいんですけど、無理かな？　来週月曜にお金が入るからそしたら、必ず返しますから」と言ってきた。

私は、以前も五千円貸して返ってこなかった事を思い出しながら、「二千円かあ。俺も結構厳しいんだよな」と言った。「頼む、それなら千円でいいからお願いします。どうか助けてください」と言うのを聞き、余程困っているんだろうなというのが伝わってきた。

そして、四十歳を過ぎた大人の男が昔の友人を頼り千円でいいから貸してくださいと言うのを聞き哀れに思い、昔一緒に遊んだ時の事を思い出した。別に返ってこなくてもいいという気持ちで貸すことにした。そして二千円を振り込んだのである。その時のやり取りの電話番号が０４８で始まる埼玉県、浦和の固定電話なのである。

「K」は浦和に住み部品工場で働いていると言っていた。

妻もその時のやり取りの事を覚えていたので、相手は「K」だよと言ったら納得した。

今まで妻の目の前で、その番号に電話してみろと言っていたので、電話をしようとしたら「K」には電話をしない方がいい、連絡も取らない方がいいと言った。

二〇一七年　八月上旬

今日は、妻の月一回の通院日で一緒に来て欲しいと言われたし、私としても病院の主治医に会いたかったので、一緒に病院へ行った。

理由は最近ずっと調子が良かったのに、この一カ月間は特に具合の悪い事が多かったからである。

具合の悪かった理由は二つあり、一つ目は妻のお母さんが自転車で転倒し脇腹の骨を折り入院したせいである。

この病気の特徴で一番悪い事が、心配事であり自分の母親が入院し、相当心配したようで妻の心の余裕も無くなり、少しの出来事でショックを受けやすくなっていたのである。

幸い、妻のお母さんは二週間の入院で退院したのでそこからくる心配はなくなっている。

二つ目は先月の通院で、妄想の話をしていたら、主治医から頭の中で起きている事が「現実です」というニュアンスの事を言われたようで、今までは「頭の中の変な出来事は自分で作り出した妄想で、実際には起きていないことだから」と自分に言い聞かせたり、私からそれは妻の頭の中だけで起きている事だからと言われたりすると、「そうか妄想なんだ」と安心できていたのに、ここ一カ月の間は妄想だと言い聞かせようとしても、「だって先生に現実だと言われたもの」と言って変な妄想に悩まされ、それを本当に起きている事だと思い込んでしまい、更に具合が悪くなるという悪循環がよく起きた。

今日はその事を言って、もうそういう勘違いするような事は言わないでもらいたいとお願いしたかったのである。

その事を伝え、主治医に「そんな事は無いし、妄想は頭の中でだけ起きている事だから」といつものように、妻に言ってもらい私も安心した。

帰りに、デイケアで鈴虫を無料で配っていた。妻が鈴虫を飼いたいと言うので二十匹くらいもらってきた。

鈴虫にエサをあげたり、虫の音色を楽しんだりすれば変な妄想も無くなるかもしれない。

二〇一七年　八月上旬

今日は朝から、緑茶に毒が入っておりしびれるから捨てていいかと聞くので、そんな事は無いよと言いつつ、それで納得し心が落ち着くならと思い、「捨てていいよ」と言った。その後も「水がしびれる。ヒ素でも入っているの?」、自分で作った梅干しも「変な味がする。毒いれた? 私を殺す気?」と言う始末。朝特有の寝起き妄想が始まった。この妄想の理由は、三日前に磁器イオン活水器なるものを水道管に取り付けてもらい、いつもより水に対して敏感になっているせいだと思う。私も子供たちも水は別に変ではないよと言っていたら、朝の妄想から目が覚めたようで、自分の思い違いかと正気に戻り、「じゃあお茶も大丈夫か」と言い、箱ごと捨てたお茶をゴミ箱から回収していた。

また、ある出版社から前日の夕方に電話があり、ネットで投稿した小説の内容を褒められ、量が少なすぎるから書き溜めているものがあったら、もっと送ってもらいたいような事を言われ、作家になれるかもしれないと言われ(若い頃、書き溜めたエッセイがある)昨晩は気分が高揚したので、その反動で朝、特に具合が悪くなったのだろう。

二〇一七年　八月上旬

今日の朝もまた変な事を言っている。音楽プレイヤーに入っている有名アーティスト(妻はこの人のファンだった)のベストアルバムを聴きながら、自分の気に入った曲になると「やっぱり曲調が違う」と言い、この歌詞は妻が作った詩の歌詞で、そのメモがなくなっており、それが何らかの方法でこのアーティストに渡り、歌詞に使われたのだと言うのである。

これは繰り返し時々起こることで、私はその度にそんな事は有り得ないから、「絶対にネットに、そんな事書き込むな。著作権や名誉棄損とかで訴えられるぞ」と言うのである。いくら言っても聞かない時もあるので、いつか変な事を書き込むのではないかと心配している。その時は、頭がおかしいと言って許してもらえるのだろうか。

二〇一七年　八月中旬

妻は、夜中の私のいびきがうるさくて起きたらしく、ある機関「いのちの電話」に電話をかけたようだ。

夜中の三時。「いびきもＤＶなのよ。怒鳴るのもＤＶ、私、あなたのＤＶのせいで発病したのかもしれない。あなたと結婚していなければこんな病気になっていなかった。これ見なよ」と、ＤＶのホームページを私に見せようとする。私は、少しそれを読みながら、頭にきて、「どっちがＤＶだ！　いつも訳の分からない事ばかり言って、じゃあ離婚してやるよ、ＤＶなんて離婚したくても怖くて言い出せないんだぞ」。いつもの離婚ごっこのような言い合い。そして、病気になったのを私のせいにされたので、それも違うと思った。怒鳴るといっても、一生懸命会社で仕事をし、疲れて帰ってきた時、「どこの女と遊んできたんだ！　本当に会社に行っていたのか？」と怒鳴られ、逆に怒鳴ってしまう。そんな事を言われても笑顔で接することができる程、私も心が広くありません。発病したのは、私にも原因があるかもしれないが、私と結婚した人が全て発病するのではないと思う、一番の原因は何なのかは言えないが、もっと違ったところにあると思う。

ＤＶの表現が厳し過ぎるのか、妻は内閣府のホームページで自殺原因の項目を見て具合が悪くなったと言っていた。私は眠いのに、夜中にこうやって度々、起こされる。『辛い！』いつまで続くのだろう？

しかし、いつもこんなケンカをしているわけではない。発症中は全てに対し不満を持ち投げやりになる事があり、当然不満の矛先は、一番近くにいる私に向かってくる事もある。それが友人や親の場合はもう二度と会わないと言うし、会社の人の場合は会社を辞める事もある。子供に対しては、長男は聞き流し何とも思わないようで言い返さず黙っている。娘とはケンカになる。私とは離婚話になるのである。しかし普段は、家族思いで親孝行で、友人とも仲が良く、会社でも上手く仕事を行っている。ほんの一時的に被害妄想のような状態になっている時だけは、誰も妻を止める事ができないのである。

二〇一七年　八月中旬

朝から何かしている。何だかYouTubeに朗読を上げたのだという。

聴いてみると、「命に関する朗読」のようだ。「妻の声ではなく、娘の声で上げた方が良い」と私は、アドバイスした。

お昼前、妻は図書館に行ったらしい。そこで学生の頃、専攻していた『万葉集』の防人の歌の文庫と『源氏物語』の上巻を借りてきた。

妻が満足なら、それで良いが何やら一年ぶりに行くようで、図書館のカードと袋が無いと騒いでいるので、私は「再発行したら？」と言った。

二〇一七年　八月中旬

先日もらってきた鈴虫が鳴き出した「リンリン……リンリン」と鈴虫の音色を真似しながら妻は楽しそうに鈴虫の世話をしている。

あとがき

病状が悪化し入院した時は、入院治療の必要性がある時期だと思います。しかし、病状が回復し社会復帰できる状態になってからも入院を続け、気が付いたら数十年入院生活を続けてしまい、もう人生の終盤になってから退院し、『もっと早く（適切な時期に）退院していたなら仕事に就き、結婚し家庭を築くという普通の人と同じ生活を送っていたのになぁ……』と後悔している元入院患者さんの事をテレビ番組で見た事があります。

この誤認入院は、人生を奪われるという事であり、当事者はもっと怒ってもいい出来事なのに、静かに冷静に自分の人生を振り返っていました。普通の人達なら裁判をしたり、『人生を返せ！』と怒ったりするはず。しかし、仕方なかった事と受け入れている当事者達。そうなのです。患者さん達は、回復すれば非常に優しい心を持った安全な人が多いのです。

これは、とても悲しい過ちです。自分の身に置き換えて考えてみて下さい。もう治ったから、退院し社会復帰したいと言っても、まだ一人での生活は無理と言われ、延々と入院生活を延ばされ、そのうち、退院したいと言っても無理だからと諦めて、医師の言う通りにしていれば、いつか回復したと診断され、退院できると信じ入院し続ける。

もう回復しているから、これ以上の病状回復は無いのに数十年も入院させられる。誤認逮捕され数十年監獄に閉じ込められて、出てきた人が話題になることがありますが、これと同等な悲惨な出来事であり、絶対に無くすべきことがこの誤認入院であると思います。


最後にこの病気は、鬱病から更に悪化して発病することもある病気だと思います。安易に薬をやめるなどという行為は、再発を招きかねません。

主治医の指示を仰ぎ、最善な方法を患者さんと相談しながら、じっくり話し合い治療にあたって下さい。

私は皆さんが少しでも楽になるような方法を、同じような病気の家族を持った者として、これからも一緒に考えていきたいと思っています。

末筆ながら、皆さんのご多幸とご健康をお祈りいたしております。

守門　丈

当事者より

私がこの病気になったのには、理由があります。人間関係のトラブル。

そして、私は職場で頻繁にイジメを受けていました。発症した時もそうです。

今思うにこの人間関係のトラブルを解決していければ快方に向かうのです。

人間、ショックなことがあると鬱というものを発症します（ストレス）。それは、睡眠や人との語り合いで解決できます。鬱にかかったら、早めにメンタルクリニックへ行くことをお勧めします。

一つ提案があります。私には常日頃、思っている願望があります。

託児保育のような施設を作ったら、どうかと思うのです。

皆さんも仕事や用事を抱え、生きていかなければなりません。

以前の私のような患者を抱えているご家族の方は、大変難儀なことだと十分承知しております。

デイケアという施設がありますが、その補助的な物が必要なのです。

これが実現し、そこに家族が仕事で見られない時間帯に、退院した患者さんを一時的に預かってもらう事ができれば、早期退院も可能になり、病気の家族のいる皆さんの生活も安定すると思います。

そこを仮にデイルームとし、そこを利用しながら家庭で普通の生活を送る事ができれば、退院できるのに入院を続けている患者さんの社会復帰へと繋がると思います。

私は、皆さんの生活の安定を心から願って止みません。

未来の子どもたちのために。

そして、心ある善意のある人たちが多く、この世に存在することを願っています。

私は、今一度皆さんと協力し、そしてメンタルの病から、一人でも多くの人を助けたいという

気持ちで生きていきます。

守門　紀

この物語は、実話を元に作られていますが、登場人物、建物の名前は仮名にしております。

守門　丈（すもん　じょう）
1970年新潟県生まれ。会社員。社会人になってから独学で水彩画、ペン画を描き始める。美術公募展入賞・入選多数。
表紙イラスト：守門　丈

守門　紀（すもん　のり）
1974年新潟県生まれ。

精神破壊
うつ～統合失調症～入院～回復までの道のり

2018年2月15日　初版第1刷発行
著　者　守門　丈
　　　　守門　紀
発行者　中田典昭
発行所　東京図書出版
発売元　株式会社 リフレ出版
〒113-0021　東京都文京区本駒込 3-10-4
電話（03）3823-9171　FAX 0120-41-8080
印　刷　株式会社 ブレイン

ISBN978-4-86641-109-5 C0095
Printed in Japan 2018

ご意見、ご感想をお寄せ下さい。
［宛先］〒113-0021　東京都文京区本駒込 3-10-4
東京図書出版